FABLES
ET MORCEAUX CHOISIS

OU

EXERCICES DE MÉMOIRE

L'USAGE DES ENFANTS DU COURS ÉLÉMENTAIRE

**Organisation pédagogique des Ecoles primaires
du département de la Seine**

RECUEIL RÉDIGÉ ET MIS EN ORDRE

PAR M. A. P.

PARIS

VICTOR SARLIT, LIBRAIRE-ÉDITEUR,

RUE DE TOURNON, 19.

1870

Douai. — Imprimerie Dechristé , rue Jean-de-Bologne.

La mémoire est une faculté si précieuse qu'il importe de l'exercer de bonne heure, de la développer, de l'orner de petits morceaux religieux et moraux bien pensés et bien écrits.

Aussi, dans les programmes relatifs à l'organisation pédagogique des écoles primaires du département de la Seine, l'autorité supérieure a-t-elle prescrit l'étude de morceaux en vers et en prose, dans les trois cours, *élémentaire*, *intermédiaire* et *supérieur*.

Pour les cours *intermédiaire* et *supérieur*, il existe un grand nombre de *recueils* qui peuvent être mis entre les mains des enfants ou consultés utilement par les maîtres et par les maîtresses. Mais il n'en est pas ainsi pour les enfants du cours élémentaire. Il y a là une lacune importante qu'il fallait combler. Tel est le but que nous nous sommes proposé en publiant ce petit volume qui renferme cinquante-deux morceaux choisis avec le plus grand soin.

M. Gréard, inspecteur d'académie, dans l'instruction générale qu'il a adressée à MM. les inspecteurs de l'enseignement primaire du département de la Seine, à la date du 17 août 1868, donne des conseils que nous croyons devoir reproduire, parce qu'ils tracent la marche qui doit être suivie dans l'enseignement des exercices de récitation : « Enfin, dit-il, » il faut que la récitation soit un exercice intelli- » gent ; bien expliquée, bien comprise, la leçon doit » être récitée d'un ton posé, naturel, approprié à la » pensée. »

FABLES

ET MORCEAUX CHOISIS.

Le bon emploi du Temps.

Comme la bienfaisante pluie
Féconde la terre en été,
Dieu fit, pour féconder la vie,
Le travail et l'activité.
Ne laissons point d'heure inutile :
Songeons que la paille stérile
Est foulée au pied du glaneur ;
Puissent s'amasser nos journées
Comme les gerbes moissonnées
Dans le grenier du laboureur.

Mᵐᵉ A. TASTU.

L'Oreiller d'un Enfant.

Cher petit oreiller, doux et chaud sur ma tête,
Plein de plume choisie et blanc ! et fait pour moi !
Quand on a peur du vent, des loups, de la tempête,
Cher petit oreiller, que l'on dort bien sur toi !

Beaucoup, beaucoup d'enfants pauvres et nus, sans mère,
Sans maison, n'ont jamais d'oreiller pour dormir ;
Ils ont toujours sommeil ! ô destinée amère !
Maman ! bonne maman ! cela me fait gémir.

Et quand j'ai prié Dieu pour tous ces petits anges,
Qui n'ont point d'oreiller, moi, j'embrasse le mien ;
Seule dans mon doux lit, qu'à tes pieds tu m'arranges,
Je te bénis, ma mère et je touche le tien.

Je ne m'éveillerai qu'à la lueur première
De l'aube au rideau bleu ; c'est si gai de la voir !
Je vais dire tout bas ma plus tendre prière ;
Donne encore un baiser, bonne maman ! Bonsoir !

Dieu des enfants ! Le cœur d'une petite fille,
Plein de prière, écoute, est ici sous mes mains ;
On me parle souvent d'orphelins sans famille !
Dans l'avenir, mon Dieu, ne fais plus d'orphelins !

Laisse descendre au soir un ange qui pardonne,
Pour consoler tous ceux que l'on entend gémir ;
Mets sous l'enfant perdu que la mère abandonne
Un petit oreiller qui le fera dormir !

Mᵐᵉ DESBORDES-VALMORE.

Henri IV et le Paysan.

Henri-Quatre à bateau passait un jour la Loire.
Le nautonier robuste, homme de cinquante ans,
    Avait les cheveux blancs,
    La barbe toute noire.
    Le prince familier et bon
    En voulut savoir la raison.
« La raison, pardi, Sire, est toute naturelle,
    Répondit le manant qui ne fut pas honteux ;
      C'est que mes cheveux
    Sont de vingt ans plus vieux qu'elle. »

L'Enfant aimé de Dieu.

O bienheureux mille fois
L'enfant que le Seigneur aime,
Qui de bonne heure entend sa voix
Et que ce Dieu daigne instruire lui-même !

Tel en un secret vallon
Sur le bord d'une onde pure,
Croît, à l'abri de l'aquilon,
Un jeune lis, l'amour de la nature.

Loin du monde élevé, de tous les dons des cieux
Il est orné dès sa naissance,
Et du méchant l'abord contagieux
N'altère point son innocence.

RACINE.

La Châtaigne.

« Que l'étude est chose maussade !
A quoi sert de tant travailler ? »
Disait, et non pas sans bâiller,
Un enfant que menait son maître en promenade.
Que répondait l'abbé ? Rien. L'enfant sous ses pas
Rencontre cependant une cosse fermée,
Et de dards menaçants de toute part armée.
Pour la prendre il étend le bras.
« Mon pauvre enfant, n'y touchez pas !
— Eh ! pourquoi ? — Voyez-vous mainte épine cruelle
Toute prête à punir vos doigts trop imprudents ?
— Un fruit exquis, monsieur, est caché là-dedans.
— Sans se piquer peut-on l'en tirer ? — Bagatelle !
Vous voulez rire, je le crois.
Pour profiter d'une aussi belle aubaine,
On peut bien prendre un peu de peine
Et se faire piquer les doigts.

—Oui, mon fils : mais, de plus, que cela vous enseigne
    A vaincre les petits dégoûts
    Qu'à présent l'étude a pour vous :
Ces épines aussi cachent une châtaigne. »

V. Arnaud.

L'Ange Gardien.

Tout mortel a le sien : cet ange protecteur,
Cet invisible ami veille autour de son cœur,
L'inspire, le conduit, le relève s'il tombe,
Le reçoit au berceau, l'accompagne à la tombe,
Et portant dans les cieux son âme entre ses mains,
La présente en tremblant au Juge des humains.
C'est ainsi qu'entre l'homme et Jéhovah lui-même,
Entre le pur néant et la grandeur suprême,
D'êtres inaperçus une chaîne sans fin
Réunit l'homme à l'ange et l'ange au séraphin ;
C'est ainsi que, peuplant l'étendue infinie,
Dieu répandit partout l'esprit, l'âme et la vie.

Lamartine.

La Bergeronnette.

Pauvre petit oiseau des champs,
Inconstante bergeronnette
qui voltiges vive et coquette,
Et qui siffles tes jolis chants.

Bergeronnette si gentille,
Qui tournes autour du troupeau ;
Par les prés sautille, sautille,
Et mire-toi dans le ruisseau !

Va, dans tes gracieux caprices,
Becqueter la pointe des fleurs
Ou poursuivre aux pieds des génisses
Les mouches aux vives couleurs.

Reprends tes jeux, bergeronnette,
Bergeronnette au vol léger ;
Nargue l'épervier qui te guette ,
Je suis là pour te protéger.

C'est ton doux chant dont je raffole;
Tu es un bon ami pour moi !
Bergeronnette, vole, vole,
Bergeronnette devant moi !

CH. DOVALLE.

Prière de l'Enfant.

Notre père des cieux, père de tout le monde,
De vos petits enfants, c'est vous qui prenez soin ;
Mais à tant de bontés vous voulez qu'on réponde,
Et qu'on demande aussi dans une foi profonde,
    Les choses dont on a besoin,

Vous m'avez tout donné: la vie et la lumière,
Le blé qui fait le pain, les fleurs qu'on aime à voir,
Et mon père et ma mère et ma famille entière ;
Moi, je n'ai rien pour vous, mon Dieu, que la prière
    Que je vous dis matin et soir.

Notre Père des cieux, secourez ma jeunesse !
Pour mes parents, pour moi, je vous prie à genoux ;
Afin qu'ils soient heureux, donnez-moi la sagesse,
Et puissent leurs enfants les contenter sans cesse,
    Pour être aimés d'eux et de vous !

Mme A. TASTU.

1*

Le Laboureur et ses Enfants.

Un riche laboureur, sentant sa mort prochaine,
Fit venir ses enfants, leur parla sans témoins :
« Gardez-vous, leur dit-il, de vendre l'héritage
    Que nous ont laissé nos parents :
    Un trésor est caché dedans.
Je ne sais pas l'endroit, mais un peu de courage
Vous le fera trouver, vous en viendrez à bout.
Remuez votre champ dès qu'on aura fait l'oût,
Creusez, fouillez, bêchez ; ne laissez nulle place
    Où la main ne passe et repasse. »
Le père mort, les fils vous retournent le champ,
Deçà, delà, partout : si bien qu'au bout de l'an
    Il en rapporta davantage.
D'argent, point de caché. Mais le père fut sage
    De leur montrer, avant sa mort,
    Que le travail est un trésor.

LAFONTAINE.

Le Petit Pierre.

Je suis le petit Pierre,
Du faubourg Saint-Marceau,
Messager ordinaire,
Facteur et porteur d'eau.
J'ai plus d'une ressource
Pour faire mon chemin :
Je n'emplis pas ma bourse,
Mais je gagne mon pain.

Je n'ai ni bois, ni terre,
Ni chevaux, ni laquais ;
Petit propriétaire,
Mon fonds est deux crochets.
Je prends comme il arrive
L'ivraie et le bon grain.
Dieu veut que chacun vive,
Et je gagne mon pain.

Contre un bel édifice
J'ai placé mon comptoir ;
Là, sans parler au suisse
On peut toujours me voir.
Pour n'oublier personne,
Je me lève matin,
Et la journée est bonne
Quand je gagne mon pain.

Comme le disait Blaise,
Feu Blaise, mon parrain,
On est toujours à l'aise
Lorsque l'on n'a pas faim.
Dans les jours de misère
Je m'adresse au voisin ;
Il a pitié de Pierre,
Et je trouve mon pain.

BOUCHER DE PERTHES.

Mon Souhait.

Quand pourrai-je vivre au village ?
Quand serai-je le possesseur
D'un champêtre réduit, asile du bonheur,
Qu'un bois de cerisiers ombrage ?
Tout auprès serait un jardin
Où croîtrait la laitue, où verdirait l'oseille,
Parmi de verts festons de lavande et de thym ;
Les murs seraient couverts d'une flexible treille,
Où pendrait la grappe vermeille ;
La figue y mûrirait à côté du raisin,
Et la fraise odorante aux pieds de la groseille.
Bordé de noisetiers, un limpide ruisseau
Environnerait mon empire,
Et mes désirs, j'ose le dire,
Ne passeraient jamais le cristal de son eau.

Plus satisfait que ceux que la fortune énivre,
Et dont l'avide cœur ne saurait se borner,
　　Avec peu j'aurais de quoi vivre,
　　J'aurais encore de quoi donner.

JACQUEMARD

Paraphrase du Pater.

Créateur des humains, des mondes et des cieux !
Que ton nom soit béni, qu'il le soit èn tous lieux !
Sur terre, au firmament, ta volonté soit faite !
Règne enfin, règne seul : écarte la disette :
Sous tes yeux paternels que le blé, dans nos champs,
Multiplie et suffise à nos besoins pressans !
Dans nos cœurs ta justice a placé la clémence ;
Nous pardonnons...grand Dieu! pardonne à qui t'offense ;
Epargne la faiblesse et fais grâce à l'erreur :
De nos maux passagers allège la souffrance ;
Et que tout homme juste, après son existence,
Repose dans ton sein : tous ont droit au bonheur.

F. NOGARET.

Manière de Travailler.

Travaillez à loisir, quelque ordre qui vous presse,
　　Et, ne vous piquez point d'une folle vitesse.
　　Un style si rapide et qui court en rimant
Marque moins trop d'esprit que peu de jugement.
J'aime mieux un ruisseau qui sur la molle arène,
Dans un pré plein de fleurs lentement se promène,
Qu'un torrent débordé, qui d'un cours orageux,
Roule, plein de gravier, sur un terrain fangeux.

Hâtez-vous lentement, et, sans perdre courage,
Vingt fois sur le métier remettez votre courage.
Polissez-le sans cesse et le repolissez ;
Ajoutez quelquefois et souvent effacez.

BOILEAU, art. poët., c. 1.

Le chant des Anges.

A fêter la Vierge suprême,
Là-haut chaque ange est invité ;
Et mon ange gardien lui-même
Dès l'aurore, hélas ! m'a quitté.
Bel ange, à la reine céleste,
Porte mon bouquet, moi je reste,
La reine de mon cœur est là ;
Et pour célébrer ses louanges
J'emprunte le refrain des anges
    Ave Maria, ave Maria !

Je lui coûtai, petit encore,
Petit comme l'enfant Jésus
Bien des alarmes qu'on ignore,
Bien des pleurs que Dieu seul a vus.
Chassant l'insecte qui bourdonne,
Combien de fois, douce madone,
Près de ma couche elle veilla !
Aussi pour chanter ses louanges
J'emprunte le refrain des anges :
    Ave Maria , ave Maria.

Au front de la Reine que j'aime,
Hélas ! j'aurais voulu poser
Des étoiles pour diadème...
Je n'y peux mettre qu'un baiser.

Mais, espérance, ô ma patronne !
J'ose rêver pour ta couronne
Quelques lauriers... Et jusque-là,
A tes pieds chantant tes louanges,
Je veux redire avec les anges :
Ave Maria, ave Maria.

HÉGÉSIPPE MOREAU.

L'innocence et le Repentir.

On dit que la Vertu, dans son palais, un jour,
    Voulut réunir sa famille.
Dès le matin paraît l'Innocence sa fille,
Qu'accompagnent de loin le Respect et l'Amour.
    De ses simples grâces ornée,
    De roses blanches couronnée,
    Et tenant un lis à la main,
Elle entre ; quel œil pur ! quel front calme et serein !
    En la voyant aussi parfaite,
    La Vertu tendrement sourit,
    Et tout le palais retentit
    De chants de triomphe et de fête.
    Le soir, arrive un inconnu,
Pâle, et levant au ciel une paupière humide ;
Il s'avance d'un pas incertain et timide,
Comme s'il redoutait de n'être pas reçu.
Sur ses traits est empreinte une douleur amère..
« Ah ! c'est le repentir si longtemps attendu,
    Dit avec douceur la Vertu ;
Ne le rebutez pas, je suis aussi sa mère. »

LE BON GÉNIE.

Prière à Jésus.

Jésus que dès votre jeune âge
Le ciel bénit de ses faveurs ;
Jésus, si savant et si sage,
Que vous confondiez les docteurs ;

Jésus qui fûtes sur la terre
Toujours soumis à votre Mère,
Toujours pieux et plein de foi :
Quand je m'efforce de vous suivre,
Dites, comme en votre saint livre :
« Laissez l'enfant venir à moi ! »

Mme A. Tastu

Le Pinson et la Pie.

Apprends-moi donc une chanson,
Demandait la bavarde Pie
A l'agréable et gai Pinson,
Qui chantait au printemps sur l'épine fleurie.
    — Allez, vous vous moquez, ma mie ;
A gens de votre espèce ah ! je gagerais bien
    Que jamais on n'apprendra rien.
    — Eh quoi ! la raison, je te prie ?
—Mais c'est que, pour s'instruire et savoir bien chanter,
    Il faudrait savoir écouter,
    Et babillard n'écouta de sa vie.

Mme DE LA Férandière.

Le Jeune Oiseau.

POÉSIE DESCRIPTIVE.

Voyez avec quel soin et quel zèle nouveau,
Ses parents à voler forment le jeune oiseau.
C'est aux heures du soir, lorsque dans la nature
Tout est repos, fraîcheur et parfums et verdure ;
L'adolescent, ravi de ce bel horizon,
S'agite dans son nid, devenu sa prison ;

Il sort, et, balancé sur la branche pliante,
Il hésite, il essaye une aile encor tremblante ;
Le couple, en voltigeant, provoque son essor,
Gourmande sa frayeur, l'appelle et vole encor ;
Enfin il se hasarde, et, déployant ses ailes,
Non sans crainte, il se fie à ses plumes nouvelles.
L'air reçoit ce doux poids ; il touche le gazon ;
Les parents enchantés répètent la leçon.
D'une aile moins novice alors le jeune élève
S'enhardit, prend l'essor, s'abat et se relève ;
Enfin, sûr de sa force et plus audacieux,
Il part ; tout est fini,... tous se font leurs adieux.

DELILLE.

Le Disputeur.

Auriez-vous, par hasard, connu feu monsieur d'Aubc,
Qu'une ardeur de dispute éveillait avant l'aube ?
Contiez-vous un combat de votre régiment ;
Il savait mieux que vous, où, contre qui, comment :
Vous seul en auriez eu toute la renommée ;
N'importe, il vous citait ses lettres de l'armée,
Et, Richelieu présent, il aurait raconté
Ou Gênes défendue ou Mahon emporté.
D'ailleurs homme de sens, d'esprit et de mérite ;
Mais son meilleur ami redoutait sa visite.
L'un, bientôt rebuté d'une vaine clameur,
Gardait, en l'écoutant, un silence d'humeur.
J'en ai vu, dans le feu d'une dispute aigrie,
Près de l'injurier, le quitter de furie ;
Et rejetant la porte à son double battant,
Ouvrir à la colère un champ libre en sortant.
Ses neveux, qu'à sa suite attachait l'espérance,
Avaient vu dérouter toute leur complaisance.....
Un voisin asthmatique, en l'embrassant un soir,
Lui dit : Mon médecin me défend de vous voir.

Et parmi cent vertus, cette unique faiblesse,
Dans un triste abandon réduisit sa vieillesse.
Au sortir d'un sermon la fièvre le saisit,
Las d'avoir écouté sans avoir contredit ;
Et tout près d'expirer, gardant son caractère,
Il faisait disputer le prêtre et le notaire.

Que la bonté divine, arbitre de son sort,
Lui donne le repos que nous rendit sa mort,
Si du moins il s'est tû devant ce grand arbitre.

RULHIÈRE.

La Nouveauté.

Au bourg ! où régne la Folie,
Un jour la Nouveauté parut ;
Aussitôt chacun accourut ;
Chacun disait : « Qu'elle est jolie !

» Ah ! madame la Nouveauté,
» Demeurez dans notre patrie ;
» Plus que l'Esprit et la Beauté
» Vous y serez toujours chérie. »

Lors la déesse à tous ces fous
Répondit : « Messieurs, j'y demeure. »
Et leur donna le rendez-vous
Le lendemain à la même heure.

Le lendemain elle parut
Aussi brillante que la veille,
Le premier qui la reconnut
S'écria : « Dieux ! comme-elle est vieille ! »

HOFFMANN.

Le Chameau et le Bossu.

Au son du fifre et du tambour,
Dans les murs de Paris on promenait, un jour,
Un chameau du plus haut parage :
Il était fraîchement arrivé de Tunis,
Et mille curieux en cercle réunis,
Pour mieux l'examiner lui fermaient le passage :
Un riche, moins jaloux de compter des amis
Que de voir à ses pieds ramper un monde esclave
Dans le chameau louait un air soumis ;
Un magistrat louait son maintien grave,
Tandis qu'un avare enchanté
Ne cessait d'applaudir à sa sobriété ;
Un bossu vint, qui dit ensuite :
Messieurs, voilà bien des propos
Mais vous ne parlez pas de son plus grand mérite :
Voyez s'élever sur son dos
Cette gracieuse éminence
Qu'il paraît léger sous ce poids,
Et combien sa figure en reçoit à la fois
Et de noblesse et d'élégance !

En riant du bossu nous faisons comme lui :
A sa conduite en rien la nôtre ne déroge,
Et l'homme chaque jour, dans l'éloge d'autrui,
Sans y penser fait son éloge.

J. BAILLY.

Le Chien.

Formé pour le conduire et pour le protéger
Du troupeau qu'il gouverne, il est le vrai berger.
Le ciel l'a fait pour nous, et dans leur cour rustique,
Il fut des rois-pasteurs le premier domestique.

Redevenu sauvage, il erre dans les bois :
Qu'il aperçoive l'homme, il rentre sous ses lois,
Et par un vieil instinct qui jamais ne s'efface,
Semble de ses amis reconnaître la trace.
Gardant du bienfait seul le doux ressentiment,
Il vient lécher ma main après le châtiment.
Souvent il me regarde ; humide de tendresse,
Son œil affectueux implore une caresse ;
J'ordonne, il vient à moi ; je menace, il me fuit ;
Je l'appelle, il revient ; je fais signe, il me suit ;
Je m'éloigne, quels pleurs ; je reviens, quelle joie !
Chasseur sans intérêt, il m'apporte sa proie ;
Sévère dans la ferme, humain dans la cité,
Il soigne le malheur, conduit la cécité ;
Et moi, de l'hélicon malheureux Bélisaire,
Peut-être un jour ses yeux guideront ma misère.
Est-il hôte plus sûr, ami plus généreux !
Un riche marchandait le chien d'un malheureux ;
Cette offre l'affligea : « Dans mon destin funeste,
Qui m'aimera, dit-il, si mon chien ne me reste ? »
Point de trève à ses soins, de borne à son amour ;
Il me garde la nuit, m'accompagne le jour ;
Dans la foule étonnée, on l'a vu reconnaître,
Saisir et dénoncer l'assassin de son maître ;
Et, quand son amitié n'a pu le secourir,
Quelquefois sur sa tombe il s'obstine à mourir.

DELILLE.

Hymne de l'enfant à son réveil.

O Père qu'adore mon père !
Toi qu'on ne nomme qu'à genoux !
Toi dont le nom terrible et doux
Fait courber le front de ma mère !

On dit que ce brillant soleil!
N'est qu'un jouet de ta puissance ;
Que sous tes pieds il se balance
Comme une lampe de vermeil.

On dit que c'est toi qui fais naître
Les petits oiseaux dans les champs,
Et donnes aux petits enfants
Une âme aussi pour te connaître !

On dit que c'est toi qui produis
Les fleurs dont le jardin se pare,
Et que, sans toi, toujours avare,
Le verger n'aurait point de fruits.

Aux dons que ta bonté mesure
Tout l'univers est convié ;
Nul insecte n'est oublié
A ce festin de la nature.

L'agneau broute le serpolet,
La chèvre s'attache au cytise,
La mouche au bord du vase puise
Les blanches gouttes de mon lait !

L'alouette a la graine amère
Que laisse envoler le glaneur,
Le passereau suit le vanneur,
Et l'enfant s'attache à sa mère.

Et pour obtenir chaque don
Que chaque jour tu fais éclore,
A midi, le soir, à l'aurore,
Que faut-il ? prononcer ton nom !

O Dieu ! ma bouche balbutie
Ce nom, des anges redouté.
Un enfant même est écouté
Dans le chœur qui te glorifie !

On dit qu'il aime à recevoir
Les vœux présentés par l'enfance,
A cause de cette innocence
Que nous avons sans le savoir.

On dit que leurs humbles louanges
A son oreille montent mieux,
Que les anges peuplent les cieux,
Et que nous ressemblons aux anges.

Ah ! puisqu'il entend de si loin
Les vœux que notre bouche adresse,
Je veux lui demander sans cesse
Ce dont les autres ont besoin.

Mon Dieu, donne l'onde aux fontaines,
Donne la plume aux passereaux ;
Et la laine aux petits agneaux,
Et l'ombre et la rosée aux plaines.

Donne au malade la santé,
Au mendiant le pain qu'il pleure,
A l'horphelin une demeure,
Au prisonnier la liberté.

Donne une famille nombreuse
Au père qui craint le Seigneur ;
Donne à moi sagesse et bonheur,
Pour que ma mère soit heureuse !

Que je sois bon, quoique petit,
Comme cette enfant dans le temple,
Que chaque matin je contemple,
Souriant au pied de mon lit !

Mets dans mon âme la justice,
Sur mes lèvres la vérité,
Qu'avec crainte et docilité
Ta parole en mon cœur mûrisse !

Et que ma voix s'élève à toi
Comme cette douce fumée
Que balance l'urne embaumée
Dans la main d'enfants comme moi !

LAMARTINE.

La fin du Sage.

Ni l'or ni la grandeur ne nous rendent heureux.
Ces deux divinités n'accordent à nos vœux
Que des biens peu certains, qu'un plaisir peu tranquille:
Des soucis dévorants c'est l'éternel asile ;

Véritables vautours que le fils de Japet
Représente, enchaîné sur son triste sommet.
L'humble toit est exempt d'un tribut si funeste,
Le sage y vit en paix et méprise le reste :
Content de ses douceurs, errant parmi les bois,
Il regarde à ses pieds les favoris des rois ;
Il lit au front de ceux qu'un vain luxe environne,
Que la fortune vend ce qu'on croit qu'elle donne.
Approche-t-il du but, quitte-t-il ce séjour,
Rien ne trouble sa fin : c'est le soir d'un beau jour.

LA FONTAINE.

Les deux Rats.

Certain rat de campagne en son modeste gîte
De certain rat de ville eut un jour la visite ;
Ils étaient vieux amis ; quel plaisir de se voir !
Le maître du logis veut, selon son pouvoir,
Régaler l'étranger ; il vivait de ménage,
Mais donnait de bon cœur, comme on donne au village.
Il offre a son ami tout ce qu'il a de mieux,
Des pois, des raisins secs, et du lard un peu vieux ;
Lui choisit les morceaux. Le citadin, à table
Tranche du dédaigneux, trouve tout détestable :
« Quel plaisir trouvez-vous à rester tristement
» Dans un trou de campagne enterré tout vivant ?
» Croyez-moi, laissez là ce misérable asile ;
» Venez voir de quel air nous vivons à la ville ;
» Hélas ! nous ne faisons que passer ici bas ;
» Les rats petits et grands marchent tous au trépas ;
» Ils meurent tout entiers et leur philosophie
» doit être de jouir d'une si courte vie
» D'y chercher le plaisir ; qui s'en passe est bien fou ! »
— L'autre persuadé, saute hors de son trou
Vers la ville à l'instant, ils trottent côte à côte ;
Ils arrivent la nuit ; la muraille était haute,

La porte était fermée ; heureusement nos gens
Entrent sans être vus ; sous le seuil se glissant,
Dans un riche logis nos voyageurs descendent ;
A la salle à manger sur le champ ils se rendent :
Sur un buffet ouvert trente plats desservis
Du souper de la veille étalaient les débris.
Le rat de ville fait les honneurs avec grâce,
Introduit l'étranger, l'invite à prendre place ;
Et puis pour le servir, sur le buffet trottant,
Apporte chaque mets qu'il goûte en l'apportant.
Le campagnard, charmé de sa nouvelle aisance,
Ne songeait qu'au plaisir et qu'à faire bombance,
Quand le bruit d'une porte épouvante nos rats :
Ils étaient au buffet, ils se jettent en bas,
Courent mourant de peur tout autour de la salle.
Pas un trou... de vingt chats une bande infernale
Par de longs miaulements redoublent leur effroi.
«—Oh ! oh ! ce n'est pas là ce qu'il me faut à moi,
Dit le rat campagnard ; ma triste solitude
Me garantit du bruit et de l'inquiétude
Là, je n'ai rien à craindre ; et si j'y mange peu,
J'y mange au moins en paix ; et j'y retourne. Adieu !

ANDRIEUX.—*Imité d'Horace.*

Le Souper du Village.

Que cette heure pour tous est une heure charmante !
Que les fronts sont joyeux ! que la table est riante !
Le pain est noir, grossier : il repose nos yeux :
  L'appétit l'assaisonne, il est délicieux !
  Voyez ce mets chéri, qui chaque jour figure,
  Du champêtre repas éternelle parure.
Dans un temps solennel un porc fut immolé ;
Depuis le jour de fête où son sang a coulé,
La table est par lui seul incessamment ornée,
Et lui seul remplira le cercle de l'année.

Voilà tous les grands frais dont ils ont acheté
La santé, la fraîcheur, la force et la gaieté,
Entendez les propos qui courent à la ronde ;
En franchise, en bons mots comme chacun abonde !
Chacun à la nouvelle, et ce qu'il a glané
A la moisson du soir est ici destiné.
On discute, on se fait une innocente guerre ;
Mais à l'oracle enfin sagement on réfère :
Arbitre souverain, infaillible et profond,
Tribunal sans appel, l'almanach leur répond.

***

La Feuille.

De ta tige détachée,
Pauvre feuille desséchée,
Ou vas-tu ? — Je n'en sais rien :
L'orage a frappé le chêne
Qui seul était mon soutien.
De son inconstante haleine,
Le zéphyr ou l'aquilon,
Depuis ce jour me promène
De la forêt à la plaine,
De la montagne au vallon.
Je vais où le vent me mène,
Sans me plaindre ou m'effrayer ;
Je vais où va toute chose
Où va la feuille de rose
Et la feuille de laurier.

A.-V. ARNAULT.

Le Curé de campagne.

Voyez-vous ce modeste et pieux presbytère ?
Là vit l'homme de Dieu, dont le saint ministère

D'un peuple réuni présente au ciel les vœux,
Ouvre sur le hameau tous les trésors des cieux,
Soulage le malheur, consacre l'hyménée,
Bénit et les moissons et les fruits de l'année,
Enseigne la vertu, reçoit l'homme au berceau,
Le conduit dans la vie et le suit au tombeau.
Par ses sages conseils, sa bonté, sa prudence,
Il est pour le village une autre providence.
Quelle obscure indigence échappe à ses bienfaits?
Dieu seul n'ignore pas les heureux qu'il a faits.
Souvent dans ces réduits, où le malheur assemble
Le besoin, la douleur et le trépas ensemble,
Il paraît ; et soudain le mal perd son horreur,
Le besoin sa détresse, et la mort sa terreur.
Qui prévient le besoin prévient souvent le crime :
Le pauvre le bénit, et le riche l'estime ;
Et souvent deux mortels, l'un de l'autre ennemis,
S'embrassent à sa table et retournent amis.

DELILLE.

L'Enfant et le Miroir.

Un enfant élevé dans un pauvre village
Revint chez ses parents et fut surpris d'y voir
      Un miroir.
    D'abord il aime son image ;
Et puis, par un travers bien digne d'un enfant,
    Et même d'un être plus grand,
    Il veut outrager ce qu'il aime.
Lui fait une grimace, et le miroir la rend.
    Alors son dépit est extrème ;
    Il lui montre un poing menaçant :
    Il se voit menacé de même.
Notre marmot fâché s'en vient en frémissant
    Battre cette image insolente ;
Il se fait mal aux mains ; sa colère en augmente,

Et furieux, au désespoir,
Le voilà devant ce miroir
Criant, pleurant, frappant la glace.
Sa mère, qui survient, le console, l'embrasse,
Tarit ses pleurs et doucement lui dit :
« N'as-tu pas commencé par faire la grimace
A ce méchant enfant qui cause ton dépit ?
— Oui. — Regarde à présent : tu souris, il sourit ;
Tu tends vers lui les bras, il te les tend de même ;
Tu n'es plus en colère, il ne se fâche plus.
De la société tu vois ici l'emblème :
Le bien, le mal, nous sont rendus. »

FLORIAN.

Le Cheval de Bataille.

Vois ce coursier : son pied frappe et creuse la terre ;
Son regard lance au loin la flamme et la fureur ;
Son fier hennissement, émule du tonnerre,
        Inspire la terreur.

Sur son robuste cou, sa mouvante crinière
Et s'agite, et bondit, et retombe à longs flots ;
Il vole avec orgueil, et sa fougue guerrière
        S'indigne du repos.

Son belliqueux essor cour au-devant des armes ;
Il se rit de la peur ; et, d'audace brûlant,
Il défie, intrépide au plus fort des alarmes,
        Le glaive étincelant.

En vain le javelot, et l'épée et la lance
Sur lui font rayonner leurs clartés et leurs feux :
Son œil s'allume encore à l'éclair qui s'élance
        De l'acier lumineux.

Il écume, il frémit, il dévore la terre :
Si la trompette sonne, à ses bruyants éclats,
Il dit : « Allons ! » De loin, il respire la guerre
Et l'odeur des combats.

CHÊNEDOLLÉ.

Les Embarras de Paris.

Qui frappe l'air, bon Dieu, de ces lugubres cris ?
Est-ce donc pour veiller qu'on se couche à Paris !
Et quel fâcheux démon, durant les nuits entières,
Rassemble ici les chats de toutes les gouttières ?
J'ai beau sauter du lit, plein de trouble et d'effroi,
Je pense qu'avec eux tout l'enfer est chez moi :
L'un miaule en grondant comme un tigre en furie ;
L'autre roule sa voix comme un enfant qui crie.
Ce n'est pas tout encor : les souris et les rats
Semblent, pour m'éveiller, s'entendre avec les chats.
Mais à peine les coqs, commençant leur ramage,
Auront des cris aigus frappé le voisinage,
Qu'un affreux serrurier, laborieux Vulcain,
Qu'éveillera bientôt l'ardente soif du gain,
Avec un fer maudit qu'à grand bruit il apprête
De cent coups de marteau me va fendre la tête.
J'entends déjà partout les charrettes courir,
Les maçons travailler, les boutiques s'ouvrir ;
Tandis que, dans les airs, mille cloches émues,
D'un funèbre concert font retentir les nues,
Et se mêlant au bruit de la grêle et des vents,
Pour honorer les morts font mourir les vivants.
Encor, je bénirais la bonté souveraine,
Si le ciel à ces maux avait borné ma peine ;
Mais si seul en mon lit je peste avec raison,
C'est encor pis vingt fois en quittant la maison :
En quelque endroit que j'aille, il faut fendre la presse
D'un peuple d'importuns qui fourmillent sans cesse,

L'un me heurte d'un ais dont je suis tout froissé ;
Je vois d'un autre coup mon chapeau renversé.
Des paveurs en ces lieux me bouchent le passage ;
Là, je trouve une croix de funeste présage,
Et des couvreurs grimpés au toît d'une maison
En font pleuvoir l'ardoise et la tuile à foison.
Là, sur une charrette, une poutre branlante
Vient, menaçant de loin la foule qu'elle augmente ;
Six chevaux attelés à ce fardeau pesant
Ont peine à l'émouvoir sur le pavé glissant.
D'un carrosse en tournant il accroche une roue,
Et du choc le renverse en un grand tas de boue.
On n'entend que des cris poussés confusément :
Dieu pour s'y faire ouïr tonnerait vainement.

BOILEAU.

Le Dimanche au Village.

Huit jours sont emportés comme un éclair rapide.
Déjà se lève aux yeux de la jeunesse avide
Le jour qui vient si tard et qui dure si peu,
Consacré par son titre à la gloire de Dieu,
Par le fait, au repos, aux plaisirs, à la danse.
Aujourd'hui le village aura son élégance ;
Je vois de toutes parts soigneusement paré
Le paysan se rendre au portique sacré ;
Tout paraît plus brillant en arrivant au temple,
Et le château lui-même en a donné l'exemple.
Oh ! combien j'aime alors le luxe du hameau,
Et les traits variés de ce riant tableau ;
Tout ce peuple amassé dans une étroite enceinte,
Ces visages de fête, et la toilette sainte ;
Les sexes partagés en deux ordres exprès,
Et souvent rapprochés par des regards distraits ;
De l'austère pasteur la terrible éloquence,
Etonnant, foudroyant l'auditoire en silence,

Tout le hameau chantant et pieux en latin,
Et jusqu'aux aigres sons du discordant lutrin.

. . .

L'Enfant et l'Abeille.

Pétulant et malin, vif, espiègle et volage,
Un enfant aux doux yeux, aux traits pleins de candeur,
A l'entour d'un bosquet allait, venait rôdeur,
 Et, sans soucis, en est-il à cet âge ?
Une Abeille passa ; l'Enfant des yeux la suit :
  La voilà qui se pose,
  Ou mieux qui s'introduit,
  Dans un bouton de rose
  Eclos pendant la nuit.
 « — Attends, méchante créature,
 Pense-t-il, je vais te punir,
 Je ne veux plus qu'à l'avenir,
 On ait à craindre ta piqûre ! »
  Et, secouant la fleur,
  Il veut chasser l'Abeille.
Mais celle-ci, trompant le petit querelleur,
S'échappe en bourdonnant de sa niche vermeille,
Et s'envole si loin que — regrets superflus ! —
L'Enfant ne l'atteint pas et ne la poursuit plus.
 Ailleurs un caprice l'entraîne :
Le voilà par les prés en quête de la reine (1) ;
 Il suit un ruisseau, court, saute, et sur le bord
  Assis, de fatigue il s'endort.
 L'Abeille qui le vit, revint à tire d'aile,
 Autour de lui voltige en murmurant ces mots :
 « — Je pourrais me venger, l'occasion est belle !
 Mais je veux aujourd'hui respecter ton repos,
  Aimable enfant ! je te pardonne ;

(1) L'ulmaire, appelée vulgairement reine des prés.

2*

Que ton sommeil te serve mieux !
Puisse un Songe, en ces lieux,
Te répéter tout bas l'avis que je te donne !
Veux-tu, pendant la vie, être exempt de regrets ?
Prends pour guide la bienveillance ;
De qui ne te dit rien ne trouble point la paix ,
Et prêt, comme l'abeille, à repousser l'offense ,
Pardonne ; Dieu l'a dit ; ne provoque jamais.

Hipp. Leclerc.

Instincts des Oiseaux.

Avec combien d'adresse, instruits par la nature,
Les oiseaux de leur nid combinent la structure !
Chaque race choisit et la forme et le lieu :
L'une, en ses longs canaux où pétille le feu,
Sur nos toits, sur nos murs hospitaliers pour elle,
Construit de ses enfants la demeure nouvelle ;
L'un au chêne orgueilleux, l'autre à l'humble arbrisseau,
De ses jeunes enfants confia le berceau ;
Là, des œufs maternels nouvellement éclose,
Sur le plus doux coton la famille repose ;
Et la laine et le crin rassemblés avec art ,
De leur tissu serré leur forment un rempart
Dont le tour régulier, l'exacte symétrie.
Défieraient le compas de la géométrie.
Par un soin prévoyant, d'autres placent leurs nids
Au lieu le plus propice à nourrir leurs petits ;
Ici, l'amour craintif les cache sous la terre ;
Là, de leurs ennemis pour éviter la guerre ,
Les suspend aux rameaux mollement balancés ,
Et dans ce doux hamac les enfants sont bercés ;
Quelques-uns ont leur toit, leur auvent, leur issue,
Qui de leurs ennemis ne peut être aperçue :
Chacun à son instinct inspiré par l'amour.
Voyez, de ses enfants préparant le séjour ,

En architecte adroit, mais en père timide,
Cet oiseau leur construire une humble pyramide,
Mille fois préférable à celle de l'orgueil.
Son air mystérieux d'abord étonne l'œil ;
Introduit par la porte au sein du vestibule,
L'oiseau monte et descend dans une autre cellule,
Où, cachés et bravant les piéges, les saisons,
Reposent mollement ses tendres nourrissons.
Ainsi nos toits, nos murs, des forêts, des charmilles,
Tout a ses constructeurs, ses berceaux, ses familles,
Tout aime, tout chante et bâtit à son tour.
Protége, Dieu puissant, ces enfants de l'amour !

DELILLE.

Donne, donne, petit Enfant.

Lorsque tu vas jouer sur la verdure,
Libre et joyeux, le cœur exempt d'effroi,
Vois devant nous, cette humble créature,
Pauvre orphelin, aussi jeune que toi.
Faible et souffrant, il est seul sur la terre ;
Pas un ami ne l'aime et le défend...
Ah ! pour que Dieu te conserve ta mère,
    Donne, donne, petit enfant !

Sans vêtements, sans feu dans leur chaumière,
Des malheureux ici pleurent tout bas ;
Va, comme un ange, exauce leur prière,
Un don de toi ne les blessera pas.
Va, mais de peur que leur main te repousse,
Que ton regard soit doux et caressant ..
Pour que la vie ici-bas te soit douce,
    Donne, donne, petit enfant !

Le pain du jour, le fruit que tu préfères
Te sont donnés dès que tu dis : j'ai faim !

Mais songe, enfant, à d'affreuses misères ;
Sur des grabats, d'autres manquent de pain !
D'un pas discret monte vers la mansarde
Porter la part que tu jetais au vent ;
Pour que toujours du malheur Dieu te garde,
    Donne, donne, petit enfant !

Lorsque parfois ton œil surpris s'arrête
Sur un vieillard de haillons recouvert,
Avec dégoût ne tourne point la tète,
N'ajoute pas à ce qu'il a souffert.
Crois-moi, renonce à maint jouet frivole,
Pour soulager un malheur si touchant...
Afin qu'un jour Dieu t'aime et te console,
    Donne, donne, petit enfant !

Garde secrets dans le fond de ton âme
Tous ces bienfaits qui ne sont qu'un devoir,
Et que jamais ta bouche ne proclame
Ce que Dieu seul, ici-bas, doit savoir ;
Et quand le soir, tu feras ta prière,
Il entendra bien mieux ton doux accent :
Ah ! pour que Dieu te conserve ta mère,
    Donne, donne, petit enfant.

F^{ic} BÉNARD.

Les Douceurs de la Retraite.

O bienheureux celui qui peut de sa mémoire
Effacer pour jamais le vain espoir de gloire
Dont l'inutile soin traverse nos plaisirs,
Et qui, loin, retiré de la foule importune,
Vivant dans sa maison, content de sa fortune,
A, selon son pouvoir, mesuré ses désirs !

Il laboure le champ que labourait son père ;
Il ne s'informe point de ce qu'on délibère

Dans ces graves conseils d'affaires accablés ;
Il voit sans intérêt la mer grosse d'orages,
Et n'observe des vents les sinistres présages
Que pour le soin qu'il a du salut de ses blés.

Roi de ses passions, il a ce qu'il désire :
Son fertile domaine est son petit empire ;
Sa cabane et son Louvre et son Fontainebleau ;
Ses champs et ses jardins sont autant de provinces,
Et sans porter envie à la pompe des princes,
Se contente, chez lui, de les voir en tableau.

Il voit de toutes parts combler d'heur sa famille,
La javelle à plein poing tomber sous la faucille,
Le vendangeur ployer sous le faix des paniers ;
Il semble qu'à l'envi les fertiles montagnes
Les humides vallons et les grasses campagnes
S'efforcent à remplir sa cave et ses greniers.

Il soupire en repos l'ennui de sa vieillesse
Dans ce même foyer où sa tendre jeunesse
A vu dans le berceau ses bras emmaillotés.
Il tient, par les moissons, registre des années,
Et voit de temps en temps leurs courses enchaînées,
Faire avec lui vieillir les bois qu'il a plantés.

Il ne va pas fouiller aux terres inconnues,
A la merci des vents et des ondes chenues,
Ce que nature avare a caché de trésors.
Il ne recherche point, pour honorer sa vie,
De plus illustre mort, ni plus digne d'envie
Que de mourir au lit où ses pères sont morts.

RACAN.

Jeanne d'Arc condamnée au bûcher.

Du Christ avec ardeur Jeanne baisait l'image ;
Ses longs cheveux épars flottaient au gré des vents :
Au pied de l'échafaud, sans changer de visage,
    Elle s'avançait à pas lents.

Tranquille elle y monta : quand, debout sur le faîte
Elle vit ce bûcher qui l'allait dévorer,
Les bourreaux en suspens, la flamme déjà prête ,
Sentant son cœur faillir, elle baissa la tête
         Et se prit à pleurer.

     Ah ! pleure, fille infortunée !
     Ta jeunesse va se flétrir,
     Dans sa fleur trop tôt moissonnée :
     Adieu, beau ciel, il faut mourir !
Tu ne reverras plus tes riantes montagnes ,
Le temple, le hameau, les champs de Vaucouleurs.
     Et ta chaumière, et tes compagnes,
Et ton père expirant sous le poids des douleurs.

Après quelques instants d'un horrible silence ,
Tout à coup le feu brille, il s'irrite, il s'élance...
Le cœur de la guerrière alors s'est ranimé :
A travers les vapeurs d'une fumée ardente ,
     Jeanne encor menaçante
Montre aux Anglais son bras à demi consumé.
     Pourquoi reculer d'épouvante ,
     Anglais ? son bras est désarmé.
La flamme l'environne, et sa voix expirante
Murmure encore : O France ! ô mon roi bien aimé !

Qu'un monument s'élève aux lieux de ta naissance,
O toi qui des vainqueurs renversas les projets !
La France y portera son deuil et ses regrets,
     Sa tardive reconnaissance ;
Elle y viendra gémir sous de jeunes cyprès :
Puissent croître avec eux ta gloire et sa puissance !

                 Casimir DELAVIGNE.

Les Vers-à-soie.

Lassés d'un vain loisir, et libres de leurs maux,
Les vers veulent alors commencer leurs travaux.
Aidez de tous vos soins un espoir qui vous flatte.
Dans leurs corps transparents l'or et la soie éclate.

Vous les voyez monter ; offrez-leur des rameaux ;
Qu'ils puissent y suspendre et filer leurs tombeaux.
Sous les anneaux mouvants qu'à vos yeux ils présentent.
Dans leur sein deux vaisseaux à longs replis serpentent.
La soie en se formant, brute et liquide encor,
Dans ces riches canaux roule ses ondes d'or.
La liqueur s'épaissit dans sa route dernière,
Se transforme en un fil, et sort par la filière.
Quand la chenille enfin voit ce temps arrivé,
Elle prodigue un suc jusqu'alors réserve.
En longs cercles d'abord des fils qu'elle ménage
Elle forme un duvet, appui de son ouvrage :
Bientôt elle décrit des mouvements plus courts ;
Et ses fils plus serrés, unis par mille tours,
D'un tissu merveilleux composant la structure,
D'un œuf d'or ou d'argent présentent la figure.
Venez les admirer : ce ver dans la prison
Ne commence qu'à peine à former sa cloison ;
Celui-ci, que déjà cache un épais nuage,
Laisse encor de ses fils entrevoir l'assemblage :
D'autres, se renfermant dans les mêmes réseaux,
Unis pendant leur vie, unissent leurs tombeaux.
Mais dans ces jours, hélas ! si du bruit du tonnerre
Le ciel dans son courroux épouvante la terre,
Ils frissonnent d'horreur, tombent, et pour jamais
Laissent en expirant leurs tissus imparfaits

ROSSET. — *Poème sur l'agriculture.*

Éloge de Louis XIV.

A ce triste discours, qu'un long soupir achève,
La Mollesse, en pleurant, sur son bras se relève,
Ouvre un œil languissant, et, d'une faible voix,
Laisse tomber ces mots qu'elle interrompt vingt fois :
« O nuit, que m'as-tu dit ? quel démon sur la terre ?
Souffle dans tous les cœurs la fatigue et la guerre ?

Hélas ! qu'est devenu ce temps, cet heureux temps,
Où les rois s'honoraient du nom de fainéants,
S'endormaient sur le trône, et, me servant sans honte,
Laissaient leur sceptre aux mains ou d'un maire ou d'un
[comte ?
Aucun soin n'approchait de leur paisible cour.
On reposait la nuit, on dormait tout le jour.
Seulement au printemps, quand Flore dans les plaines
Faisait taire des vents les bruyantes haleines,
Quatre bœufs attelés, d'un pas tranquille et lent,
Promenaient dans Paris le monarque indolent.
Ce doux siècle n'est plus. Le ciel impitoyable
A placé sur le trône un prince infatigable :
Il brave mes douceurs, il est sourd à ma voix ;
Tous les jours il m'éveille au bruit de ses exploits.
Rien ne peut arrêter sa vigilante audace :
L'été n'a point de feux, l'hiver n'a point de glace.
J'entends à son seul nom tous mes sujets frémir :
En vain deux fois la paix a voulu l'endormir ;
Loin de moi son courage entraîné par la gloire
Ne se plaît qu'à courir de victoire en victoire.
Je me fatiguerais à te tracer le cours
Des outrages cruels qu'il me fait tous les jours... »
. . . .
. . . . . . La Mollesse oppressée
Dans sa bouche à ce mot sent sa langue glacée,
Et lasse de parler, succombant sous l'effort,
Soupire, étend les bras, ferme l'œil, et s'endort.

BOILEAU. — *Liv.* III, *chap* II.

L'Enseignement mutuel.

. . . . Quel tableau vient s'offrir à mes yeux ?
Que veulent ces enfants ? quel art ingénieux ?
Sans tumulte, sans bruit, tout-à-coup les rassemble.
Les fait penser, s'instruire et se mouvoir ensemble ?

Par quels nombreux ressorts, par quels moyens secrets
Sut-on doubler ainsi leurs rapides progrès ?
Qui put vaincre en leurs cœurs la paresse indolente ?
Quel Mentor comprima leur fougue turbulente ?
Jamais l'oisiveté près d'eux ne vient s'asseoir :
Un noble guide, un seul, au sentier du savoir
Conduit en souriant cette douce jeunesse ;
Sans châtiments, sans cris, sans morgue, sans rudesse,
L'un par l'autre il instruit mille jeunes rivaux ;
Leurs travaux sont des jeux, leurs jeux sont des travaux.
Chacun d'eux a pour maître un enfant de son âge,
Qui parle à sa raison dans son propre langage,
Qui savait obéir et qui sut commander,
Qui les corrige enfin sans les intimider ;
Le rang de moniteur semble tous les séduire ;
On s'émeut, on s'excite, on s'instruit pour instruire.
Noble émulation ! Croissez, jeunes rivaux,
Etonnez notre amour par des succès nouveaux.

BONIFACE-SAINTINE.

Le Chat et le Cuisinier.

Dans un garde-manger que dévastaient les rats ,
   Un Cuisinier, moins prudent que fidèle ,
     Avait placé pour sentinelle
Son favori Mignon , qui du peuple des chats
     Etait le plus parfait modèle.
C'était pour le gardien un poste périlleux :
Le fumet d'un pâté troublait sa conscience,
Et l'appétit du drôle était fort chatouilleux.
   Mignon pourtant fait bonne contenance ,
Il se lèche la patte , il se frotte les yeux ;
Il approche, il recule, il se roule, il s'allonge,
     Et par mille contorsions
Cherche à se délivrer de ses tentations.
Mais de son maître, hélas ! l'absence se prolonge.

Tout s'use avec le temps, même la loyauté,
Et la faim de Mignon a longtemps résisté.
Il gratte la terrine, et puis fait une pause ;
Sa patte sur le bord nonchalamment se pose.
Il jette sur la croûte un regard de côté ;
Il flaire le couvercle, il le lève, il s'arrête ;
    Il tourne et retourne la tête ;
  Mais son palais en est fort humecté ;
Et par ce jeu fatal sa langue affriandée
    Sa dent même s'est hasardée.
Bref, la faim l'emporta sur la fidélité.
Et quand le cuisinier revint à son service,
    Il ne trouva plus dans l'office
    Que les débris de son pâté.

VIENNET.

La petite Provence des Tuileries.

Un rayon de chaleur qui ne saurait encore
    Ranimer les prés ni les bois,
Vous appelle au jardin que le luxe décore,
    Et presque sous les yeux des rois.
Mais que vous font, enfants, les grandeurs revêtues
    De l'éclat d'un vain appareil ?
Que vous font ces palais, ces marbres, ces statues ?
    Vous ne voulez que du soleil !
Vous ne connaissez pas les funestes chimères
    Qui sous le dais viennent peser ;
Vous n'avez ni soucis, ni regrets que vos mères
    Ne puissent guérir d'un baiser.
Vous n'avez à souffrir, à venger nul outrage,
    Nuls droits perdus à ressaisir ;
Vous êtes encore libres : car, à votre âge,
    La liberté, c'est le plaisir.
Livrez-vous à vos jeux ! qu'ils servent de contrastes
    A ces fêtes qu'on aime ici.

Riez, chantez dansez, ces lieux sont assez vastes
 Pour le bonheur et le souci !
Vous allez croître, enfants, et devenir esclaves
 Si vous évitez le cercueil,
Et vos pieds fatigués traîneront les entraves
 De l'avarice et de l'orgueil.
Toutes les passions en vos cœurs déchaînées
 Ne vous quitteront que bien tard ;
Et pour ces lieux charmants, durant longues années,
 Vous n'aurez pas un seul regard.
Mais quand le temps, vainqueur de votre résistance,
 De vos ans marquera le soir,
Affaiblis, impuissants, ramenés à l'enfance,
 Vous y reviendrez vous asseoir.
Vous y retrouverez l'innocente mémoire
 D'un bonheur perdu pour toujours ;
Vous leur demanderez, non point l'or ni la gloire,
 Mais le soleil de vos beaux jours.

         ✶ ✶ ✶.

Le soldat Français.

C'est ici que l'on dort sans lit,
Et qu'on prend ses repas par terre.
Je vois et j'entends l'atmosphère
Qui s'embrâse et qui retentit
De cent décharges de tonnerre ;
Et, dans ces horreurs de la guerre
Le Français chante, boit et rit.
Bellone va réduire en cendres
Les courtines de Philisbourg,
Par cinquante mille Alexandres
Payés à quatre sous par jour.
Je les vois, prodiguant leur vie
Chercher ces combats meurtriers,
Couverts de fange et de lauriers,
Et pleins d'honneur et de folie.

Je vois briller au milieu d'eux
Ce fantôme nommé la gloire,
A l'œil superbe, au front poudreux,
Portant au cou cravate noire,
Ayant sa trompette en sa main,
Sonnant la charge et la victoire,
Et chantant quelques airs à boire,
Dont ils répètent le refrain.
O nation brillante et vaine,
Illustres fous, peuple charmant,
Que la gloire à son char entraîne,
Il est beau d'affronter gaiement
Le trépas et le prince Eugène !

**

(*Lettre du camp de Philipsbourg,*
13 juillet 1734).

Mort du Chrétien.

Cette religion, dont la main maternelle
De l'homme encor naissant balança le berceau,
Se plaît à l'endormir aux portes du tombeau.
Approchez, ce chrétien touche à sa dernière heure :
L'encens autour de lui parfume sa demeure.
Quel silence ! il attend la visite d'un Dieu.
Ange libérateur, le pontife du lieu
S'avance conduisant la paix et l'espérance,
Le fidèle, insensible à sa longue souffrance,
Reçoit avec respect le pain mystérieux :
L'aurore du bonheur qui l'attend dans les cieux
Rayonne à ses regards, et pure, et fortunée ;
Il termine, sans crainte, avec la destinée.
Envoyé près de lui par l'Etre tout-puissant,
L'ange du dernier jour n'a rien de menaçant ;
Ce fantôme, voilé de ces deux blanches aîles,
Se montre en agitant des palmes immortelles.

Le juste l'aperçoit, sourit avec douceur,
Résigné, d'une épouse il calme la douleur,
Invite à la vertu sa famille attendrie,
Vante la paix du ciel, sa prochaine patrie.
Comme les fleurs, son âme ouverte au doux espoir
Donne plus de parfums aux approches du soir.
Le sommeil des tombeaux descend sur sa paupière,
Il meurt ; guidez son vol au séjour de lumière,
Séraphins du Seigneur : qu'il y règne avec vous,
Mais que son souvenir habite parmi nous.

                              Alex. SOUMET.

L'Aveugle et le Paralytique.

Aidons-nous mutuellement,
La charge des malheurs en sera plus légère ;
    Le bien que l'on fait à son frère
Pour le mal que l'on souffre est un soulagement.
Confucius l'a dit ; suivons tous sa doctrine.
Pour la persuader aux peuples de la Chine,
    Il leur contait le trait suivant.

    Dans une ville de l'Asie
    Il existait deux malheureux,
L'un perclus, l'autre aveugle, et pauvres tous les deux.
Ils demandaient au Ciel de terminer leur vie ;
    Mais leurs cris étaient superflus,
Ils ne pouvaient mourir. Notre paralytique,
Couché sur un grabat dans la place publique,
Souffrait sans être plaint ; il en souffrait bien plus.
    L'aveugle, à qui tout pouvait nuire,
    Était sans guide, sans soutien,
    Sans avoir même un pauvre chien
    Pour l'aimer et pour le conduire.
    Un certain jour il arriva
Que l'aveugle à tâtons, au détour d'une rue,
    Près du malade se trouva,

Il entendit ses cris, son âme en fut émue.
   Il n'est tels que les malheureux
   Pour se plaindre les uns les autres.
« J'ai mes maux, lui dit-il, et vous avez les vôtres ;
Unissons-les, mon frère, ils seront moins affreux. » —
Hélas ! dit le perclus, vous ignorez, mon frère,
   Que je ne puis faire un seul pas :
   Vous-même vous n'y voyez pas ;
A quoi nous servirait d'unir notre misère ? —
A quoi, répond l'aveugle : à nous deux
Nous possédons le bien à chacun nécessaire ;
   J'ai des jambes et vous des yeux :
Moi, je vais vous porter, vous, vous serez mon guide :
Mes yeux dirigeront mes pas mal assurés,
Mes jambes, à leur tour, iront où vous voudrez.
Ainsi, sans que jamais notre amitié décide
Qui de nous deux remplit le plus utile emploi,
Je marcherai pour vous, vous y verrez pour moi. »

          FLORIAN.

L'Avarice et le Marchand.

Le sommeil sur ses yeux commence à s'épancher ;
— Debout, dit l'Avarice, il est temps de marcher.
— Hé ! laisse-moi. — Debout ! — Un moment. — Tu
          [répliques ?
— A peine le soleil fait ouvrir les boutiques !
— N'importe, lève-toi. — Pourquoi faire après tout ?
— Pour courir l'Océan de l'un à l'autre bout ;
Chercher jusqu'au Japon la porcelaine et l'ambre ;
Rapporter de Goa le poivre et le gingembre.
— Mais j'ai des biens en foule, et je puis m'en passer.
— On n'en peut trop avoir, et pour en amasser,
Il ne faut épargner ni crime ni parjure ;
Il faut souffrir la faim et coucher sur la dure,
Eût-on plus de trésors que n'en perdit Galet,
N'avoir en sa maison ni meubles, ni valet,

Parmi les tas de blé vivre de seigle et d'orge.
De peur de perdre un liard souffrir qu'on vous égorge.
Et pourquoi cette épargne, enfin, l'ignores-tu ?
Afin qu'un héritier bien nourri, bien vêtu,
Profitant d'un trésor en tes mains inutile,
De son train quelque jour embarrasse la ville.
— Que faire ? — Il faut partir ; les matelots sont prêts.

BOILEAU.

Plaidoyer du vieil Horace pour son fils.

Lauriers, sacrés rameaux, qu'on veut réduire en poudre,
Vous qui mettez sa tête à couvert de la foudre,
L'abandonnerez-vous à l'infâme couteau
Qui fait choir le méchant sous la main d'un bourreau ?
Romains, souffrirez-vous qu'on vous immole un homme
Sans qui Rome aujourd'hui cesserait d'être Rome ?
Et qu'un Romain s'efforce à tacher le renom
D'un guerrier à qui tous doivent un si beau nom ?
Dis, Valère, dis-nous, si tu veux qu'il périsse,
Où tu penses choisir un lieu pour son supplice ?
Sera-ce entre ces murs que mille et mille voix
Font résonner encor du bruit de ses exploits ?
Sera-ce hors des murs, au milieu de ces places
Qu'on voit fumer encor du sang des Curiaces,
Entre leurs trois tombeaux, et dans ce champ d'hon-
Témoin de sa vaillance et de notre bonheur ?   [neur

CORNEILLE (Les Horaces).

Dieu révélé par la Conscience.

O vous tous qui d'un Dieu rejetez la croyance,
Quel secours irez-vous porter à l'indigence ?
Qu'offrirez-vous à l'homme accablé de regrets,
Lorsque du désespoir il sentira les traits ?

Comment calmerez-vous ce cœur longtemps coupable,
Qui, pressé sous le poids de la mort qui l'accable,
Ne voit plus d'autre appui que la Divinité,
Et s'abandonne aux cieux des hommes rejeté ?
Qu'il faut être cruel pour ôter l'espérance
Au cœur infortuné qu'assiége la souffrance,
Pour briser sans pitié dans la main du malheur
Cette ancre où peut du moins s'appuyer la douleur !
Otez Dieu ! vous ôtez au repentir son juge
A l'innocence un père, au malheur un refuge.

CHÉNEDOLLÉ.

Jésus pleure sur Jérusalem.

O superbe Sion ! ton destin, tes alarmes,
Le Seigneur les prévoit et répandant des larmes,
« Jérusalem, dit-il, malheur, malheur à toi !
Bientôt de l'étranger tu subiras la loi ;
Dans tes champs dévastés il dressera ses tentes,
Tes remparts soutiendront ses enseignes flottantes.
Tu verras tes enfants, en esclaves soumis,
Suivre d'un pas honteux le char des ennemis.
Ils planteront la vigne où ton palais s'élève ;
Au figuier domestique ils suspendront leur glaive :
Car au sein de tes murs ton Dieu même est venu ;
Il voulait te sauver et tu l'as méconnu.
Ingrate ! aux nations tu serviras d'exemple,
Et l'herbe grandira sur les débris du Temple. »
Ainsi le Tout-Puissant, roi de l'immensité,
Choisissant pour berceau la plus humble cité,
S'attachant, comme nous, à la terre natale,
Pleura Jérusalem et sa chûte fatale,
Et léguant à nos cœurs ce vertueux orgueil,
Nous apprit à gémir sur la patrie en deuil.
Oui, Jésus l'a prouvé par sa douleur extrême,
L'amour de la patrie est venu du ciel même.

Mme E. DE GIRARDIN.

La mort du Sauveur.

A peine d'Israël le crime est accompli,
Que la foudre a grondé, la terre a tressailli ;
Avant l'heure du soir, de profondes ténèbres
Couvrent de Josaphat les monuments funèbres.
Les gardiens du sépulcre, alors saisis d'effroi,
Proclament le Messie et confessent la foi,
Et soudain, abjurant leur fureur insensée,
Adorent à genoux la croix qu'ils ont dressée !
Tout s'émeut ; chaque objet emprunte un sentiment
Pour dire à l'univers le saint événement :
Le Temple sent mouvoir sa base de porphyre ;
Du dôme jusqu'aux pieds le voile se déchire.
Les vents impétueux se croisent dans les airs,
Font voler sur Sion la poudre des déserts.
Les nuages surpris s'arrêtent dans leur course ;
Le fleuve épouvanté remonte vers sa source.
De leurs linceuls vieillis, écartant les lambeaux,
Les morts ressuscités sortent de leurs tombeaux.
Le soleil s'obscurcit, les montagnes se fendent ;
D'eux-mêmes dans l'enfer les tourments se suspendent ;
Les démons à leur tour connaissent la terreur ;
Sur son trône ébranlé, Satan, plein de fureur,
Du serpent favori voit la tête écrasée,
La chaîne de la mort entre ses mains brisée ;
En vain de ses sujets il réclame l'appui,
Ses captifs rachetés s'échappent malgré lui.
Faisant taire leurs chants, les célestes cohortes
Du royaume éternel ouvrent déjà les portes ;
Vers les cieux attentifs un cri s'est élevé...
L'âme du Dieu s'exhale... et le monde est sauvé !

Mᵐᵉ E. DE GIRARDIN.

Prière du Soir (FRAGMENT).

Voilà le sacrifice immense, universel !
L'univers est le temple et la terre est l'autel ;

Les cieux en sont le dôme, et ces astres sans nombre,
Ces feux demi-voilés, pâle ornement de l'ombre,
Dans la voûte d'azur avec ordre semés,
Sont les sacrés flambeaux pour ce temple allumés ;
Et ces nuages purs qu'un jour mourant colore,
Et qu'un souffle léger, du couchant à l'aurore,
Dans les plaines de l'air repliant mollement,
Roule en flocons de pourpre, au bord du firmament,
Sont les flots de l'encens qui monte et s'évapore
Jusqu'au trône de Dieu que la nature adore.
. . . .

Salut, principe et fin de toi-même et du monde,
Toi qui rends d'un regard l'immensité féconde,
Ame de l'univers, Dieu, Père, Créateur,
Sous tous ces noms divers, je crois en toi, Seigneur,
Et, sans avoir besoin d'entendre ta parole,
Je lis au front des cieux mon glorieux symbole.
L'étendue à mes yeux révèle ta grandeur,
La terre ta bonté, les astres ta splendeur,
Tu t'es produit toi-même en ton brillant ouvrage ;
L'univers tout entier réfléchit ton image.
Ainsi, l'astre du jour éclate dans les cieux,
Le réfléchit dans l'onde et se peint à mes yeux.
C'est peu de croire en toi, bonté, beauté suprême :
Je te cherche partout, j'aspire à toi, je t'aime.
Mon âme est un rayon de lumière et d'amour
Qui, du foyer divin détaché pour un jour,
De désirs dévorants loin de toi consumée,
Brûle de remonter à sa source enflammée.
Je respire, je sens, je pense, j'aime en toi.
Ce monde qui te cache est transparent pour moi :
C'est toi que je découvre au fond de la nature ;
C'est toi que je bénis dans toute créature.
. . . .

Seul au sein du désert et de l'obscurité,
Méditant de la nuit la douce majesté,
Enveloppé de calme et d'ombre et de silence,
Mon âme de plus près adore ta présence.

D'un jour intérieur je me sens éclairer,
Et j'entends une voix qui me dit d'espérer.

Oui, j'espère, Seigneur, en ta magnificence :
Partout, à pleines mains, prodiguant l'existence,
Tu n'auras pas borné le nombre de mes jours
A ces jours d'ici-bas, si troublés et si courts.
Je te vois en tous lieux conserver et produire ;
Celui qui peut créer dédaigne de détruire.

LAMARTINE.

Hymne à la France.

France, ô belle contrée, ô terre généreuse,
Que le Ciel complaisant forma pour être heureuse !
Tu ne sens point du nord les glaçantes horreurs,
Le midi de ses feux t'épargne les fureurs ;
Tes arbres innocents n'ont point d'ombres mortelles,
Ni de poisons épars dans tes herbes nouvelles
Ne trompent une main crédule ; ni tes bois
Des tigres frémissants ne redoutent la voix ;
Ni ces vastes serpents ne traînent sur tes plantes
En longs cercles hideux leurs écailles sonnantes.
Les chênes, les sapins et les ormes épais
En utiles rameaux ombragent tes sommets ;
Et de Beaune et d'Aï les rives fortunées,
Et la riche Aquitaine, et les hauts Pyrénées,
Sous leurs bruyants pressoirs font couler en ruisseaux
Des vins délicieux mûris sur leurs côteaux.
La Provence odorante, et de Zéphire aimée,
Respire sur les mers une haleine embaumée,
Aux bords des flots couvrant, délicieux trésor,
L'orange et le citron de leur tunique d'or ;
Et plus loin, au penchant des collines pierreuses,
Forme la grasse olive aux liqueurs savonneuses ;
Et ces réseaux légers, diaphanes habits
Où la fraîche grenade enferme ses rubis.

Sur tes rochers touffus la chèvre se hérisse ;
Tes prés enflent de lait la féconde génisse ;
Et tu vois tes brebis sur le jeune gazon,
Epaissir le tissu de leur blanche toison.
Dans les fertiles champs voisins de la Touraine,
Dans ceux où l'Océan boit l'urne de la Seine,
S'élèvent pour le frein des coursiers belliqueux.
Ajoutez cet amas de fleuves tortueux :
L'indomptable Garonne aux vagues insensées ;
Le Rhône impétueux, fils des Alpes glacées ;
La Seine au flot royal, la Loire dans son sein
Incertaine, et la Saône, et mille autres enfin
Qui nourrissent partout, sur tes nobles rivages,
Fleurs, moissons et vergers, et bois et pâturages,
Rampant au pied des murs d'opulentes cités,
Sous des arches de pierres à grand bruit emportés.
Dirai-je ces travaux, source de l'abondance,
Ces ports où des deux mers l'active bienfaisance
Anime les tribus du rivage lointain
Que visite Phœbus le soir ou le matin ?
Dirai-je ces canaux, ces montagnes percées ?
De bassins en bassins ces ondes amassées
Pour joindre au pied des monts l'une et l'autre Thétis ?
Et ces vastes chemins en tous lieux départis
Où l'étranger à l'aise achevant son voyage,
Pense au nom des Trudaine et bénit leur ouvrage.
Ton peuple industrieux est né pour les combats.
Le glaive, le mousquet n'accablent pas son bras.
Il s'élance aux assauts, et son fer intrépide
Repoussa l'étranger, usurpateur avide.
Le Ciel les fit humains, hospitaliers et bons,
Ami des doux plaisirs, des festins, des chansons.....

M.-J. CHENIER.

PROSE.

IMMORTALITÉ DE L'AME.

Si tout meurt avec le corps, qu'est-ce qui a pu persuader à tous les hommes de tous les siècles et de tous les pays que leur âme était immortelle? D'où a pu venir au genre humain cette idée étrange d'immortalité? Car, si l'homme, comme la bête, n'est fait que pour le temps, rien ne doit être plus incompréhensible pour lui que la seule idée d'immortalité : des machines pétries de boue auraient-elles jamais pu ou se donner ou trouver en elles-mêmes de si nobles sentiments et des idées si sublimes? Cependant, cette idée si extraordinaire est devenue l'idée de tous les hommes; cette idée si opposée même aux sens, puisque l'homme, comme la bête, meurt tout entier à nos yeux, s'est établie sur la terre. Ce sentiment, qui n'aurait pas dû même trouver un inventeur dans l'univers, a trouvé une docilité universelle parmi tous les peuples, les plus sauvages comme les plus cultivés, les plus polis comme les plus grossiers, les plus infidèles comme les plus soumis à la foi.

La société universelle des hommes, les lois qui nous unissent les uns aux autres, les devoirs les plus sévères et les plus inviolables de la vie civile; tout cela n'est fondé que sur la certitude d'un avenir.

MASSILLON.

LEÇONS QUE NOUS DEVONS PUISER DANS LA VIE DE JÉSUS-CHRIST.

Nous voyons d'abord en Jésus-Christ les vertus de l'enfance. Il était docile et soumis à ses parents, il se rendait aimable à tout le monde; car il est dit qu'à mesure qu'il croissait en âge, il croissait aussi en sagesse et en grâce devant Dieu et devant les hommes. De tout le reste de sa jeunesse jusqu'à l'âge de trente ans, nous n'en savons autre chose, sinon qu'il demeura dans la petite ville de Nazareth, passant pour le fils d'un charpentier et charpentier lui-même. Ce silence de l'histoire exprime, mieux qu'aucun discours, l'état de retraite et l'obscurité où Jésus-Christ a voulu passer la plus grande partie de sa vie, lui qui n'était venu que pour être la lumière du monde. Il a donné trente ans à la vie privée et seulement trois ou quatre ans à la prédication et au ministère public, pour montrer que le devoir général de tous les hommes est de travailler en silence, et qu'il n'y en a qu'un petit nombre qui doivent se donner aux fonctions publiques, seulement pour autant de temps que l'ordre de Dieu et la charité du prochain les y obligent.

FLEURY.

COMMENT NOUS DEVONS PRIER.

Vous me demandez la manière dont il faut prier pour se soutenir contre les tentations de la vie. Je sais combien vous désirez de trouver, dans ce saint exercice, le secours dont vous avez besoin. Je crois que vous ne sauriez être avec Dieu dans une trop grande confiance. Dites-lui tout ce que vous avez sur le cœur, comme on se décharge le cœur avec un bon ami, sur tout ce qui afflige ou qui fait plaisir. Racontez-lui vos peines, afin qu'il vous console; dites-lui vos joies, afin qu'il les modère;

exposez-lui vos désirs, afin qu'il les purifie;
représentez-lui vos répugnances, afin qu'il vous
aide à les vaincre; parlez-lui de vos tentations,
afin qu'il vous précautionne contre elles; montrez-
lui toutes les plaies de votre cœur, afin qu'il les
guérisse. Quand vous lui direz ainsi toutes vos fai-
blesses, tous vos besoins et toutes vos peines, que
n'aurez-vous point à lui dire! Vous n'épuiserez
jamais cette matière; elle se renouvelle sans cesse.

Les gens qui n'ont rien de caché les uns pour les
autres, ne manquent jamais de sujets de s'entrete-
nir; ils ne préparent, ils ne mesurent rien pour
leurs conversations, parce qu'ils n'ont rien à
réserver. Aussi ne cherchent-ils rien : c'est le cœur
de l'un qui parle à l'autre; ce sont deux cœurs qui
se versent, pour ainsi dire, l'un dans l'autre.
Heureux ceux qui parviennent à cette société fami-
lière et sans réserve avec Dieu.

FÉNELON.

LA JUSTICE ET LA CHARITÉ.

Ne pas faire à autrui ce que nous ne voudrions
pas qu'autrui nous fît : voilà la justice.

Faire pour autrui , en toute rencontre , ce que nous voudrions qu'il fît pour nous : voilà la charité.

Un homme vivait de son labeur, lui, sa femme et ses petits enfants ; et, comme il avait une bonne santé , des bras robustes, et qu'il trouvait aisément de quoi s'employer, il pouvait, sans trop de peine, pourvoir à sa subsistance et à celle des siens.

Mais il arriva que , une grande gêne étant survenue dans le pays, le travail y fut moins demandé, parce qu'il n'offrait plus de bénéfices à ceux qui le payaient ; et en même temps le prix des choses nécessaires à la vie augmenta.

L'homme de labeur et sa famille commencèrent donc à souffrir beaucoup. Après avoir bientôt épuisé ses modiques épargnes , il lui fallut vendre pièce à pièce ses meubles d'abord, puis quelques-uns même de ses vêtements ; et, quand il se fut ainsi dépouillé, il demeura privé de toutes ressources , face à face avec la faim. Et la faim n'était pas entrée seule en son logis : la maladie y était aussi entrée avec elle.

Or cet homme avait deux voisins, l'un plus riche, l'autre moins.

Il s'en alla trouver le premier , et lui dit : « Nous manquons de tout, moi, ma femme et mes enfants ; ayez pitié de nous.

Le riche lui répondit : « Que puis-je à cela ?

Quand vous avez travaillé pour moi, vous ai-je retenu votre salaire, ou en ai-je différé le payement? Jamais je ne fis aucun tort ni à vous, ni à nul autre; mes mains sont pures de toute iniquité. Votre misère m'afflige; mais chacun doit songer à soi dans ces temps mauvais : qui sait combien ils dureront?

Le pauvre père se tut, et, le cœur plein d'angoisse, il s'en retournait lentement chez lui, lorsqu'il rencontra l'autre voisin moins riche.

Celui-ci, le voyant pensif et triste, lui dit : « Qu'avez-vous? Il y a des soucis sur votre front et des larmes dans vos yeux. »

Et le père, d'une voix altérée, lui exposa son infortune.

Quand il eut achevé : « Pourquoi, lui dit l'autre, vous désoler de la sorte? Ne sommes-nous pas frères? Et comment pourrais-je délaisser mon frère en sa détresse? Venez, et nous partagerons ce que je tiens de la bonté de Dieu. »

La famille qui souffrait fut ainsi soulagée jusqu'à ce qu'elle pût elle-même pourvoir à ses besoins.

Plusieurs années se passèrent, après lesquelles les deux riches comparurent devant le Juge souverain des actions humaines.

Et le Juge dit au premier : « Mon œil t'a suivi sur la terre : tu t'es abstenu de nuire à autrui, de violer son droit ; tu as accompli rigoureusement la loi de la justice ; mais, en l'accomplissant, tu n'as vécu que pour toi ; ton âme sèche et dure n'a point compris la loi de l'amour. Et maintenant, dans ce monde nouveau où tu entres pauvre et nu, il te sera fait comme tu as fait aux autres. Tu as réservé pour toi seul les biens qui t'avaient été départis ; tu n'en as rien donné à tes frères ; il ne te sera rien donné non plus. Tu n'as songé qu'à toi, tu n'as aimé que toi ; va, et vis de toi-même. »

Et, se tournant vers le second, le Juge lui dit : « Parce que tu n'as point été seulement juste, et que la charité pénétra ton cœur ; parce que ta main s'ouvrit pour répandre sur tes frères moins heureux les biens dont tu étais dépositaire, et qu'elle essuya les larmes de ceux qui pleuraient, de plus grands biens te seront donnés. Va, et reçois la récompense de celui qui a pleinement accompli le devoir, la loi de justice et la loi d'amour. »

LAMENNAIS.

AMOUR ET RESPECT DE SAINT CHRYSOSTOME POUR SA MÈRE.

Chrysostome était né vers l'an 344, dans la ville

d'Antioche. Il fut élevé dans la foi chrétienne par sa,
mère. Il était jeune encore, lorsqu'un ami, chrétien
zélé comme lui, voulut l'entraîner dans un désert de
la Syrie où quelques solitaires pratiquaient la péni-
tence. Ce projet ne fut combattu dans le cœur de
Chrysostome que par la résistance et les regrets de
sa mère. Il faut l'entendre lui-même raconter cette
scène touchante. Jamais son éloquence ne surpassa
le langage persuasif et tendre de cette femme pieuse.
« Lorsque ma mère, dit l'apôtre chrétien, eut appris
ma résolution de me retirer dans une solitude, elle
me prit par la main, me conduisit dans sa chambre,
et, m'ayant fait asseoir auprès d'elle sur le même lit
où elle m'avait donné naissance, elle se mit à pleu-
rer, et ensuite me dit des choses encore plus tristes
que ses larmes. »

Rien n'égale, dans le récit de Chrysostome, la
plainte naïve de cette mère désolée. Après avoir
rappelé les peines, les embarras, les périls d'une
jeune veuve au milieu du monde, dans la faiblesse
de son âge et de son sexe : « Mon fils, dit-elle, ma
seule consolation, au milieu de ces misères, a été de
te voir sans cesse et de contempler dans tes traits
l'image fidèle de mon mari qui n'est plus. Cette
consolation a commencé dès ton enfance, lorsque
tu ne savais pas encore parler, temps de la vie où

les enfants donnent à leurs parents les plus grandes joies. Je ne te demande maintenant qu'une seule grâce : ne me rends pas veuve une seconde fois, ne renouvelle pas un deuil qui commençait à s'effacer ; attends au moins le jour de ma mort ; peut-être me faudra-t-il bientôt sortir d'ici-bas. Quand tu m'auras ensevelie et réuni mes cendres à celles de ton père, entreprends alors de longs voyages, passe telle mer que tu voudras, personne ne t'en empêchera ; mais, pendant que je respire encore, supporte ma présence, et ne t'ennuie pas de vivre avec moi : n'attire pas sur toi l'indignation de Dieu, en m'accablant de si grands maux sans avoir été offensé par moi. »

Quel accent de douleur et de vérité ! La loi chrétienne, qui semblait contredire les affections du cœur, leur rendait quelque chose de plus saint et de plus pur. Chrysostome n'eut pas le courage d'affliger sa mère, et renonça au projet d'un lointain voyage.

VILLEMAIN.

DU VÉRITABLE BONHEUR DE L'HOMME.

On n'est heureux ni par la fortune, ni par les dignités, ni par le savoir, ni par les plaisirs du monde, ni par la solitude ; mais on est heureux par le témoignage d'une conscience sans reproche : c'est là que se trouvent la paix , le plaisir solide de l'âme, le bonheur ; et dans cette matière nos écrivains sacrés se sont montrés bien plus éclairés que tous les sages de l'antiquité. Ce bonheur est au pouvoir de tous , et il n'est au pouvoir de personne de nous le ravir : il est indépendant de tous les accidents de la vie humaine , il reste dans nous, quand tout périt autour de nous. L'homme vertueux peut bien souffrir ; mais , dans le calme de son âme pure , il ne voudrait pas changer sa destinée contre celle des méchants qui sembleraient être les plus heureux des mortels.

FRAYSSINOUS.

LE LOUP ET LE JEUNE MOUTON.

Des moutons étaient en sûreté dans leur parc ; les chiens dormaient ; et le berger, à l'ombre d'un grand ormeau, jouait de la flûte avec d'autres bergers voisins. Un loup affamé vint, par les fentes de l'enceinte, reconnaître l'état du troupeau. Un jeune mouton sans expérience, et qui n'avait jamais rien vu, entra en conversation avec lui : « Que venez-vous chercher ici ? dit-il au glouton.— L'herbe tendre et fleurie, lui répondit le loup. Vous savez que rien n'est plus doux que de paître dans une verte prairie émaillée de fleurs, pour apaiser sa faim, et d'aller éteindre sa soif dans un clair ruisseau : j'ai trouvé ici l'un et l'autre. Que faut-il davantage ? J'aime la philosophie qui enseigne à se contenter de peu.— Est-il donc vrai, repartit le jeune mouton, que vous ne mangez point la chair des animaux, et qu'un peu d'herbe vous suffit ? Si cela est, vivons comme frères, et paissons ensemble. Aussitôt le mouton sort du parc dans la prairie, où le sobre philosophe le mit en pièces et l'avala.

Défiez-vous des belles paroles des gens qui se vantent d'être vertueux. Jugez-en par leurs actions et non par leurs discours.

FÉNELON.

LE BERGER ET LE T OUPEAU.

Quand vous voyez quelquefois un nombreux troupeau qui, répandu sur une colline vers le déclin d'un beau jour, paît tranquillement le thym et le serpolet, ou qui broute dans une prairie une herbe menue et tendre qui a échappé à la faux du moissonneur, le berger, soigneux et attentif, est debout auprès de ses brebis; il ne les perd pas de vue, il les suit, il les conduit, il les change de pâturage; si elles se dispersent, il les rassemble; si un loup avide paraît, il lâche son chien qui le met en fuite; il les nourrit, il les défend; l'aurore le trouve déjà en pleine campagne, d'où il ne se retire qu'avec le soleil. Quels soins! quelle vigilance! quelle servitude! Quelle condition vous paraît la plus délicieuse et la plus libre, ou du berger, ou des brebis? C'est une image naïve des peuples, et du prince qui les gouverne.

LA BRUYÈRE.

CHARLEMAGNE VISITANT LES ÉCOLES.

Après une longue absence, le victorieux Charles, de retour dans la Gaule, se fit amener les enfants remis aux soins de Clément, et voulut qu'ils lui montrassent leurs lettres et leurs vers. Les élèves sortis des classes moyenne et inférieure présentèrent

es ouvrages qui passaient toute espérance, où se
aisaient sentir les plus douces saveurs de la science ;
es nobles, au contraire, n'eurent à produire que de
oides et misérables pauvretés. Le très-sage Char-
es, imitant alors la justice du souverain Juge, leur
it : « Je vous loue beaucoup, mes enfants, de votre
èle à remplir mes intentions et à rechercher votre
ropre bien de tous vos moyens. Maintenant effor-
ez-vous d'atteindre à la perfection ; alors je vous
onnerai de riches évêchés, de magnifiques abbayes,
t vous tiendrai toujours pour gens considérables à
es yeux. » Tournant ensuite un front irrité vers
es élèves demeurés à sa gauche, portant la terreur
ans leurs consciences par son regard enflammé,
onnant plutôt qu'il ne parlait, il lança sur eux ces
aroles pleines de la plus amère ironie : « Quant à
ous, nobles, vous fils des principaux de la nation,
ous enfants délicats, vous reposant sur votre nais-
ance et votre fortune, vous avez négligé mes ordres
et le soin de votre propre gloire dans vos études, et
référé vous abandonner à la mollesse, au jeu, à la
aresse ou à de futiles occupations. » Ajoutant à
es premiers mots son serment accoutumé et levant
vers le ciel sa tête auguste et son bras invincible, il
s'écria d'une voix foudroyante : « Par le roi des
cieux ! permis à d'autres de vous admirer. Je ne

4

fais, moi, nul cas de votre naissance ; sachez et re-
tenez bien que, si vous ne vous hâtez de réparer par
une constante application votre négligence passée ,
vous n'obtiendrez jamais rien de Charles. »

AUGUSTIN THIERRY.

PERFECTION DE SAINT LOUIS.

Roi , il est le modèle des rois ; chrétien , il est le
modèle de tous les hommes. Quel exemple pour
nous ! il est humble dans le sein de la grandeur ; et
nous , hommes vulgaires , nous sommes enflés de
vanité et d'orgueil ! Il est roi, et il est humble : c'est
beaucoup pour les moindres particuliers d'être
modestes ; mais quelle différence entre la modestie
et l'humilité ! Saint Louis secourt les pauvres : tous
les païens l'ont fait ; mais il s'abaisse devant eux ,
il est le premier des rois qui les ait servis. C'est
là ce que la morale païenne n'avait pas seulement
imaginé. Toutes les vertus humaines étaient chez
les anciens ; les vertus divines ne sont que chez les
chrétiens. Voir d'un même œil la couronne et les
fers, la santé et la maladie, la vie et la mort; faire
des choses admirables et craindre d'être admiré ;

n'avoir dans le cœur que Dieu et son devoir ; n'être touché que des maux de ses frères ; être toujours en présence de son Dieu ; n'entreprendre, ne réussir, ne souffrir, ne mourir que pour lui : voilà saint Louis, voilà le héros chrétien ; *toujours grand et toujours simple, toujours s'oubliant lui-même.*

NAISSANCE ET PREMIÈRE ÉDUCATION DE HENRI IV,

Sitôt qu'il fut né, son grand-père Henri d'Albret, roi de Navarre, l'emporta dans sa chambre et donna son testament, qui était dans une boîte d'or, à sa fille en lui disant : « Ma fille, voilà qui est à vous, et ceci est à moi. » Quand il tint l'enfant, il frotta ses petites lèvres d'une gousse d'ail, et lui fit sucer une goutte de vin dans sa coupe d'or, afin de lui rendre le tempérament plus mâle et plus vigoureux.

Dans la suite, il ne voulut pas qu'on le nourrît avec la délicatesse qu'on a d'ordinaire pour les gens de cette qualité, sachant bien que dans un corps mou et tendre n'habite ordinairement qu'une âme molle et faible. Il défendit aussi qu'on l'habillât richement, ni qu'on lui donnât des babioles ; qu'on le flattât et qu'on le traitât de prince, parce que

toutes ces choses ne font que donner de la vanité,
et élèvent le cœur des enfants plutôt dans l'orgueil
que dans les sentiments de la générosité. Mais il
ordonna qu'on l'habillât et qu'on le nourrît comme
les autres enfants du pays, et même qu'on l'accou-
tumât à courir et à grimper sur les rochers, attendu
que par ce moyen on l'habituait à la fatigue, et que,
pour ainsi dire, on donnait une trempé à ce jeune
corps pour le rendre plus dur et plus robuste : ce
qui sans doute était nécessaire à un prince qui avait
à souffrir beaucoup pour reconquérir son Etat.

PÉRÉFIXE.

BONAPARTE AU SAINT-BERNARD.

Bonaparte était encore à Martigny, ne voulant pas
traverser le Saint-Bernard qu'il n'eût assisté de ses
propres yeux à l'expédition des dernières parties du
matériel. Il se mit enfin en marche pour traverser le
col avant le jour. L'aide de camp Duroc et son se-
crétaire de Bourrienne l'accompagnaient. Les arts
l'ont dépeint franchissant les neiges des Alpes sur
un cheval fougueux ; voici la simple vérité. Il gravit
le Saint-Bernard, monté sur un mulet, revêtu de-

cette enveloppe grise qu'il a toujours portée, conduit par un guide du pays, montrant dans les passages difficiles la distraction d'un esprit occupé ailleurs, entretenant les officiers répandus sur la route, et puis, par intervalles, interrogeant le conducteur qui l'accompagnait, se faisant conter sa vie, ses plaisirs, ses peines, comme un voyageur oisif qui n'a pas mieux à faire. Le conducteur, qui était tout jeune, lui exposa naïvement les particularités de son obscure existence, et surtout le chagrin qu'il éprouvait de ne pouvoir, faute d'un peu d'aisance, épouser l'une des filles de cette vallée. Le premier consul, tantôt l'écoutant, tantôt questionnant les passants dont la montagne était remplie, parvint à l'hospice où les bons religieux le reçurent avec empressement. A peine descendu de sa monture, il écrivit un billet qu'il confia à son guide, en lui recommandant de le remettre exactement à l'administrateur de l'armée, resté de l'autre côté du Saint-Bernard. Le soir, le jeune homme, retourné à Saint-Pierre, apprit avec surprise quel puissant voyageur il avait conduit le matin, et sut que le général Bonaparte lui faisait donner un champ, une maison, les moyens de se marier enfin et de réaliser tous les rêves de sa modeste ambition.

Ce montagnard vient de mourir de nos jours, dans

4*

son pays, propriétaire du champ que le dominateur du monde lui avait donné. Cet acte singulier de bienfaisance, dans un moment de si grande préoccupation, est digne d'attention. Si ce n'est là qu'un pur caprice du conquérant, jetant au hasard le bien ou le mal, tour à tour renversant des empires ou édifiant une chaumière, de tels caprices sont bons à citer, ne serait-ce que pour tenter les maîtres de la terre ; mais un pareil acte révèle autre chose. L'âme humaine, dans ces moments où elle éprouve des désirs ardents, est portée à la bonté ; elle fait le bien comme une manière de mériter celui qu'elle sollicite de la Providence.

Thiers.

UNE AMITIÉ CHRÉTIENNE.

Saint Basile et saint Grégoire de Nazianze naquirent presque en même temps, et leur naissance fut le fruit des prières et de la piété de leurs mères qui dès ce moment même les offrirent à Dieu, dont elles les avaient reçus. Ils avaient l'un et l'autre tout ce qui rend les enfants aimables, agrément dans l'esprit, douceur et politesse dans les manières. Le naturel heureux que Dieu leur avait accordé fut cultivé avec tout le soin possible. Après les études domestiques, on les envoya séparément dans les villes de la Grèce qui avaient le plus de réputation pour les sciences, et ils y prirent les leçons des plus excellents maîtres.

Enfin ils se rejoignirent à Athènes, où ils se lièrent d'une sainte amitié. Cette liaison se fortifia toujours de plus en plus, surtout lorsque ces deux amis, qui n'avaient rien de secret l'un pour l'autre, s'ouvrant mutuellement leurs cœurs, eurent reconnu qu'ils avaient tous deux le même but et cherchaient le même trésor, je veux dire la sagesse et la vertu. Ils vivaient sous le même toit, mangeaient à la même table, avaient les mêmes exercices et les mêmes plaisirs, et n'étaient, à proprement parler, qu'une même âme. « Union merveilleuse, dit saint Grégoire, qui ne peut être réellement produite que par une amitié chrétienne ! Nous aspirions tous deux également à la science ; et néanmoins nous ne connaissions et n'éprouvions entre nous qu'une noble émulation. Chacun de nous, plus sensible à la gloire de son ami qu'à la sienne propre, cherchait, non à l'emporter sur lui, mais à lui céder et à l'imiter.

« Notre principale étude et notre unique but était la vertu. Nous songions à rendre notre amitié éternelle en nous préparant nous-mêmes à la bienheureuse immortalité , et en nous détachant de plus en plus de l'amour des choses de la terre. Nous prenions pour gnide la parole de Dieu. Nous n'avions aucun commerce d'amitié avec ceux de nos compagnons qui étaient pétulants , violents ou déréglés dans leurs mœurs ; et nous ne fréquentions que ceux qui , par leur modestie , leur retenue et leur sagesse , pouvaient nous aider et nous soutenir dans le bon dessein que nous avions, sachant qu'il en est des mauvais exemples comme des maladies contagieuses qui se communiquent aisément. »

Ces deux saints , et l'on ne peut trop le répéter aux jeunes gens , brillèrent toujours parmi leurs compagnons par la beauté et la vivacité de leur esprit , par leur assiduité au travail , par le succès extraordinaire qu'ils eurent dans toutes leurs études , par la facilité et la promptitude avec laquelle ils saisirent toutes les sciences qu'on enseignait à Athènes ; mais ils se distinguèrent encore plus par une innocence de mœurs qui était alarmée à la vue du moindre danger, et qui craignait jusqu'à l'ombre du mal.

ROLLIN.

TABLE

DES FABLES ET MORCEAUX CHOISIS.

PROSE.

FIN DE LA TABLE.

Douai. — Impr. Dechristé, rue Jean-de-Bologne.

www.ingramcontent.com/pod-product-compliance
Lightning Source LLC
Chambersburg PA
CBHW070820260626
47161CB00006B/2349